Intifada du cœur

Du même auteur :

Poésie

Les boas ne touchent pas aux lettres d'amour, Moncton, Éditions Perce-Neige, 1988.

La rupture des gestes, Moncton, Éditions d'Acadie, 1994.

L'éclat du silence, Trois-Rivières, Écrits des Forges, 1998.

Roman

Catastrophe(s), Moncton, Éditions d'Acadie, 1998.

Essai

Rumeur publique, Moncton, Éditions d'Acadie, 1991.

Théâtre

Le Pique-nique, Moncton, Éditions Perce-Neige, 1982.

Le Pique-nique, édition revue et augmentée, Moncton, Éditions Perce-Neige, 2001.

Rino Morin Rossignol

Intifada du cœur

COLLECTION POÉSIE
LES ÉDITIONS PERCE-NEIGE

Dépôt légal / Troisième trimestre 2006, BNQ et BNC

Œuvre en page couverture: Paul-Émile Rioux, « Barilla 911 no 8 » (détail), création numérique, 2003, www.rioux-art.com.
Conception graphique: Paul J. Bourque.
Photo de l'auteur: Paul-Émile Rioux.

CATALOGAGE AVANT PUBLICATION DE BIBLIOTHÈQUE ET ARCHIVES CANADA

Morin Rossignol, Rino, 1950 –
Intifada du cœur / Rino Morin Rossignol.

(Collection Poésie)
ISBN 2-922992-30-6

I. Titre.

PS8576.O675I57 2006 C841'.54 C2006-905735-4

DISTRIBUTION EN LIBRAIRIE

AU QUÉBEC
Diffusion Prologue
1650, boulevard Lionel-Bertrand
Boisbriand (Qc) J7E 4H4
Tél.: (450) 434-0306/1-800-363-2864
Téléc.: (450) 434-2627/1-800-361-8088

EN EUROPE
Diffusion du Nouveau Monde (DNM)
30, rue Gay-Lussac
75005 Paris (France)
Tél. : (01) 43 54 49 02
Téléc. : (01) 43 54 39 15

AILLEURS AU CANADA ET DANS LE MONDE
Les Éditions Perce-Neige
22-140, rue Botsford
Moncton (N.-B.)
E1C 4X4 Canada
perceneige.recf.ca
perceneige@nb.aibn.com
Tél. : (506) 383-4446
Téléc. : (506) 857-2064

LE CONSEIL DES ARTS DU CANADA DEPUIS 1957 | THE CANADA COUNCIL FOR THE ARTS SINCE 1957

La production des Éditions Perce-Neige est rendue possible grâce à la contribution financière du Conseil des Arts du Canada et de la Direction du développement des arts du Nouveau-Brunswick.

à Moïse, un chat si discret

la vie, le temps

Voici le temps venu de dire l'impensable, de refuser cette grande illusion qui fit de moi, jadis, un homme ébloui dans la nuit. Voici le temps venu de dire l'indicible et de franchir la grille cadenassée d'une vérité qui éclate dans ma chair.

L'amour, puisqu'il faut bien nommer le traitre, s'est buté à l'âge lucide, à la conscience du multiple désir, aux amants de passage, au refus de la mise en scène. L'amour est un tourment qui ne cède ni ne clame. Il est du temps qui fuit, autant que du passé assoupi. L'amour est un non-dit qui récidive parmi nous, quand coule sur l'ardoise le fiel cinglant de l'amertume.

Faudra-t-il, pour dire mon chagrin, boire jusqu'à la lie le vin aigre des mots rances et des yeux foudroyants, le sourire narquois de l'opprimé, de l'oppresseur, le geste las d'une main tremblante levée pour signer un adieu aussi faux qu'inutile ?

La lumière tamisée du jour avance à grands coups de silence. L'homme est assis devant un écran morne, touchant du bout des doigts les signes minuscules qui donneront sens à sa vie. L'homme cherche en lui, peut-être l'a-t-il déjà trouvé, le signe essentiel qui dira son nom et payera la rançon de toutes ses fautes et absoudra sa vie de tout doute, de toute méfiance, de toute aboulie.

L'homme dense mais fragile gravit sans le savoir l'escalier convoluté de la prière. Oui, l'homme aime et reconnait en lui le visage d'une humanité en déroute.

Devant : écran opaque, surface abyssale, où l'homme aligne des mots, entomologiste du verbe, vie jaillissant dans une autre dimension, réalité virtuelle à l'abri des intempéries de novembre.

Novembre est un mois chagrin. Il n'y a pas de désir en novembre, tout juste la plate certitude que le froufrou estival des érables verts, qui font office de parasols géants dans les parcs aux mois chauds, a cédé la place aux sifflets perfides des vents venus du nord éteindre la lumière de l'été.

Tout juste la conviction intime que la nature fait pénitence après l'éblouissant mirage des soleils exhibitionnistes de juillet.

Derrière l'écran, le mur orangé. Et sur le mur, une toile, achetée jadis en pleine extase psychédélique, un soir de fête étrange, dans une piaule minable. *Satori* pour un poète stérile qui avait su déceler dans les symboles d'un peintre paumé tout le drame de l'incarnation.

Sur la gauche, une aquarelle évoquant une scène champêtre, des vallons ronds et verts, des toits rouges, des clôtures de bois. Substrat ancestral pour un poète déraciné qui avait cru lire dans les lignes gauches d'un peintre naïf toute l'ardeur du bonheur.

Sur la droite, une eau-forte, nature morte aux pommes orangées et aux raisins lime, plaquant délibérément, devant les yeux du poète affamé de paradoxes, la palette à la fois chaude et froide du désir et de l'absence.

Menus objets dessinant l'histoire d'un homme toujours enfant, marchant seul vers la vieillesse, étonné d'être heureux, heureux d'être étonné.

Novembre peut bien gémir dans les arbres dépouillés, novembre peut bien prendre un air glacial et menacer toute âme qui vive d'un hiver sans scrupule et sans rémission, novembre peut bien tenter d'obscurcir la lumière du jour, n'être qu'un frisson gris et pluvieux, avant longtemps novembre passera, novembre ne sera plus qu'un désagréable souvenir, novembre s'éclipsera à jamais.

Et bientôt, déjà, il sera temps de retourner au marché faire orgie de pétunias, de lobélies, de pensées, de géraniums, de giroflées, de corbeilles d'argent, d'héliotropes et d'impatientes. Novembre se mue en promesse de lumière.

Irrémédiable automne devant l'arbitraire de la vie. Celle qui coule droit devant, celle qui sillonne derrière. Le vent tourne, le vent se lève sur les flancs ravagés du désir et l'homme est encore chargé d'ambition.

Voici le temps qui déferle en son for intérieur, comme une bande-annonce, pour vanter un mélodrame. Voilà, le mot est dit : mélodrame. Mélodrame sans issue, jonché de mâles superbes et penauds, et immensément exigeants malgré le silence dont ils drapent leurs illusions.

Voici l'homme encore assailli de mots incommodes. Est-ce le gris du vent ? La nacre d'un ciel ondulant entre pluie et brouillard ? Est-ce vraiment lui qui jongle avec des mots pour dire l'éternelle lenteur du destin ?

La plume défriche, comme jadis la hache des aïeux et des autres, fendant le bois, vidant la forêt, faisant place nette, pour un champ à labourer, une récolte à engranger. La plume sème le festin de demain.

Encore des mots épars dans l'orbite du silence. Des mots sans nom, des mots sans son. Oiseaux sans nid pour cacher la douleur. Oiseaux sans ailes pour la fuite des choses.

Les mots se sauvent. Je les vois courir devant la plume. Ils se défilent. Peut-être n'ai-je plus rien à dire. Aussi bien raconter ma vie. J'aime la date de ma naissance. Je suis peut-être né à l'aube. J'aime l'aurore. J'aime ouvrir les yeux avant que le soleil ne plonge son gros œil d'or sur nos vies déconnectées. Et puis c'est tout. La vie est dite. Rien d'autre que le silence pour saluer ma naissance.

C'est le gris qui irise la solitude. Gris mat, entre quatre murs orangés. L'homme habite un univers pastel qu'il aimerait dépouillé de tout artifice, de tout ce qui pourrait détourner le regard. Une plainte jaillit dans le silence. Comment dire la réalité écrue d'un ennui mortel, désabusé, prêt à se dissoudre dans l'irréel paradis de la fuite ?

Son temps est fait. Le sablier est vide. Le temps est silence. Tout est noir. Tout est mort. Tout est là aussi, qui n'attend que son souffle de vie, dehors. Le ciel est une peluche grise. Novembre grisonne. Le temps vieillit. Tout est là : la vie, le temps.

la question, l'horizon

Voici que roule la mousse du souvenir vers le jour d'octobre, quand le souvenir se levait d'un seul bond, anxieux de renaitre sous la bourrasque d'un regard étésien. Mais je ne suis plus là, ce jour, mon sourire ne porte plus que sur les pixels d'un écran étranger où foisonnent des fantasmes à bout portant.

Serais-je incapable de redire le mot ambré qui rutile sur mon désir ? Serais-je enfin parvenu à tirer du désert quelques sabliers pour oublier quelle est ma folie et où est mon salut ?

L'homme cherche à déchiffrer l'énigme de son âme enchevêtrée à sa vie. Le destin est un hiéroglyphe connu mais illisible. L'homme entretient ses illusions comme des amants exigeants. Exigeant tout de lui. Sa vie, sa joie, sa folie, son culte, sa dévotion.

Exigeant de ne rien donner en retour, exigeant de n'être que de passage, de n'avoir aucun compte à rendre, de ne pas avoir à dire merci, de ne rien devoir. Fini les barreaux domestiques.

Le temps même s'est immobilisé en plein centre de ma vie. Dérive dans le brouillard froid d'un après-midi soudainement sombre. Irrécusable automne où logent fantasmes, odyssées, renoncements. Oui, je vole vers l'espace de la conviction. Le lieu de toute supplique.

Et pourtant, je reste là, hagard, bringuebalant sur mon piédestal de chimères. Je reste ici à pianoter les signes futiles de ma méditation stérile. Je suis otage, je suis rançon.

Mais l'homme en moi veille au grain en pataugeant dans le mirage fluide de mon besoin. Qui sourd en moi ? Mon double ? Toi ? Toi qui t'amenuises au loin sur une ligne d'horizon blême ? Toi qui surgis sur l'écran, mimant la danse horrible du désir ?

Une lame de fond me propulse sur le mur froid de mes questions imbriquées. Point de réponse ici. Que des points en guise de signe. La vie bat son plein. Et je redoute sa sentence.

Grand, l'envol, quand la tête flotte haut dans le dru de la ville, dans l'esclandre de la lumière tamisée de la fin du jour. Dire la réalité sans fard d'une obsession sans fin, quand l'homme bute sur une question à recommencer, en spirale, sans cesse ressassée, relue, redite, réécrite, repensée, reproduite, retirée, reniée, pour mieux retomber dans la faille absconse d'une vérité aboutie devant lui comme fruit mûr tombé de l'arbre du bien et du mal.

L'homme est tourment pour une humanité en congé férié. Cherche, se dit-il, l'absence dans le doute, le vrai dans le noir, la vie sans la vie.

Il faudra un jour trouver en soi le cran du refus, cette mince fibre qui fait que la vérité des uns est aussi prégnante que celle des autres et que, tout compte fait, il vaut mieux se regarder dans une glace que de musarder sur le regret d'une vie malvenue.

C'est tout. Le désir noué au ras de l'âme m'étouffe. La vie crie liberté. Mais le cœur ne suit plus. Le poète taciturne rumine ses vieilles désillusions fin de siècle, au bar. Suis-je né pour m'ensevelir de questions sans avenir ?

Rien de ce que je consigne ici, aujourd'hui, ne saurait être fécond, ni ici, ni plus tard. J'aligne des mots comme exutoire à… ?

À qui ? À quoi ? Je cherche, je pourrais même trouver, mais le voudrais-je vraiment ? Le doute me taraude, le doute me séduit. Des doutes alignés, comme autant de nanosecondes qui, toutes enfilées les unes après les autres, donneront le Temps. Mais peut-être mon temps est-il déjà accompli ?

Je planche sur mes mots fébrilement griffonnés pour me soustraire aux attentions. Le Temps, celui avec un grand T comme dans tentation, file, file. Il ne reste que moi, juché sur un demi-siècle de pérégrinations, de chamboulements, de métamorphoses. Où suis-je en moi-même ? Quelle vérité me séduit ? Quel mensonge m'attire ?

J'en appelle à la vie qui irrigue mes sentiers. Et j'en appelle à la vie qui me déroute. Rien qui ne soit autre que ce que je suis. Envers et contre toi, coincé dans le miroir étoilé de ma dérive. Je glisse vers le bonheur dans le courant fou de la mémoire. L'homme en moi ne peut que rugir, sévir, croire en sa cruauté primaire et mordre le destin qui l'anime et qui le tue.

Si le silence pouvait descendre sur cette pluie de cris stridents et calmer les zigzags de ma déraison ! Mais saurai-je jamais tout l'amour qui me hante et tout le doute qui l'habite ? Vienne l'oubli, et vienne le rien qui nimbe tout d'une fiction. Le poème est buvard du cœur.

Le ciel est bien bas aujourd'hui. Le paradis a les bleus. Oui, c'est ça, la nature s'étonne elle-même de sa propre morosité. Néanmoins, un bonheur. Un mince bonheur logé sous la racine des cheveux, sur la ligne d'horizon imaginée entre tignasse fauve et matière grise. Le bonheur est un dragon qu'il faut nourrir après l'avoir apprivoisé. Une discrète banalité de la vie, une odeur diffuse qui imprègne la routine ; et la routine, bruit qui donne vie à la couleur du temps.

Faut-il tant vivre si ce n'est que pour périr corps et biens dans l'écume poisseuse des fantasmes inabordables, des tabous consentis, d'une honte bardée de mots crus pour mieux masquer son emprise délétère ?

Des voix virevoltent dans le néant. L'aurore baigne dans la liesse des jours de fête. Des voix témoignent de la foi de l'homme et d'une vérité immanente. Peut-être. Mais il est toujours posté au même doute, comme sentinelle de la grâce, d'une seule grâce qui ferait fi de toute question. Et la question lui échappe. Et s'il n'y avait de réponse possible que celle de Dieu ?

Dieu frappe à l'improviste à ma porte agnostique. Faut-il ouvrir ? Laisser entrer l'air du temps ? Accueillir ce messager de l'imprévu ? Bénir et la vie et la mort et l'enfer et le ciel ? Peut-être fixer instamment le visiteur. Scruter la rédemption. Peut-être m'agenouiller. Sans panache, immoler tout orgueil.

Peut-être glisser dans le silence de la grâce et croire en l'homme et croire au destin de l'homme et même croire en Dieu, s'il le faut et s'il le veut. Qui dit que la lumière ne descendra pas sur l'homme, comme un prédateur à la faim aiguisée par toutes ces intempéries domestiques qui trainent dans le sillage quotidien ? Grâce à l'automne qui s'épanche, lourdement, gravide.

Le temps de Dieu est venu paré d'ombres stoïques et de lumières fugaces. Le temps de Dieu est venu sombrer dans la fragilité de l'homme. Le voilà encore errant du bout des yeux, entre tout et rien, entre mémoire d'un parc et froideur d'un écran.

Certains souvenirs sont froids qui nous collent à la peau, qui grelotent dans notre mémoire. La densité d'une paix solitaire pèse lourd, parfois.

Âme flottant sur l'écume, je navigue sur les eaux troubles de la question. J'arrive à peine à cerner le mot qui dirait tout. Tout le non-lieu, tout le substrat, tout ce qui doit être dit est encore à être semé, incarné, comme la graine germe avant d'être l'orme géant qui est force de la vie, lumière de la parole.

Douze mois de turbulences pour célébrer l'irruption de l'amour.

le silence, l'orage

Des regards distraits circulent dans la rue. Le jour se fait lenteur. Le jour fait place à la convivialité, avant l'heure de la fuite en soi. Au fond d'une lagune, peut-être d'un fiord, d'une baie, d'une anse, d'une crique, là où l'étendue d'eau se recroqueville au ras du continent, pourrais-je trouver refuge pour noyer ma déception ? Pourquoi cette tristesse qui refuse l'écho du rire et la grammaire des facéties ?

Un creux s'est logé au centre du vide. Irrépressible automne qui sévit lorsque se déploie l'inexorable. Dehors, des gens marchent dans la rue, des pas hardiment projetés devant contre la gravité.

Le siècle aussi marche vers son dénouement. Un millénaire croupit en chacun de nous. Aucune bombe ne peut l'annihiler, nul véto ne peut le pervertir, nulle réalité ne peut l'oblitérer.

ᘓ

Le millénaire est là, intact, incréé, innommé. Malgré la bravoure de nos pas enjambant le Temps, morcelé comme archipel de lendemains à vivre. Cacophonie des pas dégorgeant d'humanité. Marchent vers la vie tant de quidams. Floralies de rires et temps de questionnement.

ᘓ

La moue d'un jour blafard s'étend de tout son long, rue quelque chose. Duel solitaire de feux et d'ombres, entre l'éblouissement et le feutre humide. Rien n'est dit encore de ce qui fut, ou sera. Moment d'oubli ou moment d'éveil. Un éveil empêtré de sa fuite, fil d'Ariane lové à des pieds d'argile. Rien ne signifie plus rien, et tout est là dans ce paradoxe.

J'attends quelque chose, je me sens en suspens. Un enfant court, un cycliste roule, des autos strient la rue de rayures bigarrées. Le temps est à l'heure, et l'heure est au silence. Le jour étonne par sa franchise laconique. Ce n'est que la vie défilant, sans dire un mot, dans le cinéma de ma pupille.

Le printemps gravide gigue sur les vinaigriers. Une auréole de bons sentiments nimbe ma rage de vivre. Est-il temps plus apte pour jaillir vivant dans les déconfitures d'un hiver acrimonieux ? Est-il temps plus fou pour semer des azalées sur le ranci du vide ?

N'est plus là, déjà, l'homme des mille-et-une nuits. Le conte meurt de sa chute. Point d'abime pour la mise à niveau. Point d'exclamation pour un rien travesti en état d'âme. Rien, dis-je.

Et me voilà révisionniste de la chair gravie, sanglée, humectée de lèvres oasis. Il me faut un temps pour tarir d'éloges sur l'ogre de mon corps.

Vienne le temps donné de l'amour apaisé. Amour tisane pour lire le destin au fond d'une tasse ébréchée. Ligne de vie éparpillée dans les feuilles de thé. Ligne du cœur tronquée entre la ligne de vie et celle d'un destin aussi improbable qu'impénétrable, aussi fanfaron que les grands vents du nord déchirant le ciel l'hiver venu.

Même les nuages n'osent plus crever sur nos têtes humides. L'été fleurit de rage. Que dire à la vie qui avance sans mot dire ? L'amour ne peut rien contre la faim de l'ailleurs. Huis clos sur le tapis du temps mort d'ivresse avant l'automne, mort à prix double les soirs de pleine lune.

L'orage taquine le temps qu'il fait. L'orage n'ose même plus gronder. L'orage est taciturne mais buté, et cingle les fleurs rabougries de mon ambition nécrosée. L'homme n'est plus qui disait l'amour sur tous les tons, irisant mes fantasmes de salive et de salut. S'en est allé dans son enfer. Mais pourquoi me faut-il toujours aimer des damnés ?

Dans la rue rôde un jeune poète. Ici aboie un vieux scribe. Là où est l'un, l'autre s'estompe. Le temps fait son œuvre et rien n'est écrit encore. Une lueur se faufile. Le jour serait-il encore jour ? Et la pluie, tarie ?

L'homme en moi fluctue dans sa course, gambade, ahane, étouffe parfois, sous la lourdeur du désir. Mais que serait l'oxygène sans le désir de le prendre en soi ? De le happer d'une bouffée de lumière ? Mais je ne suis que là, et je respire au compte-goutte.

Faut-il vraiment vivre ? N'y a-t-il pas entre *être* et *rien* un bout de rêve anodin sans début, sans suite, sans fin, où l'âme roulerait à l'infini dans une moiteur anonyme ? J'y serais déjà que je ne le saurais pas. C'est le drame de la vie de vivre ainsi.

Où poser sa carcasse ? Où éteindre cette soif de lumière ? Que veux-tu de l'homme, toi qui pousses dans le dos, toi qui l'incites à son destin ? Qui est-il pour que tu pétrisses sa vie déjà confuse ? Est-ce un cri ? Est-ce une prière ?

Dieu, je te parle.

La nuit me traque en pleine lumière. La nuit est un ciel éblouissant dans un parc, un dimanche rutilant d'automne, quand Dieu pousse à l'abandon. Dieu sans forme. Dieu sans couleur. Dieu silence. Qui souffle dans le dos buté d'un homme presque sans foi.

Contempler toute la lumière du silence descendue en soi, toute la lumière, tout le silence.

Dieu, je te parle.

L'autre côté de la vie, l'ombre glacée, gruge ma foi, goutte à goutte, sur l'enclume du temps, frappe, s'éclate, fend la sueur de l'ennui. Cœur cocarde sur le revers de l'amour. Je sais que je ne dis rien d'autre que le cercle infernal du chien qui se mord la queue. Mais je gravis en parallèle l'élan sombre d'une mortification sans fin.

Boire jusqu'à la lie, disait un homme, jadis.

Mais s'y noyer, qui en parlera ?

Démembrement instinctif du bruit des sens. Absence de recouvrement sur la cicatrice des yeux. Pénurie de pleines lunes pour éponger l'air du temps. Rien n'est dit qui n'ait déjà été redit.

La fin d'un siècle clignote, encore, devant mon regard blanc. Fortune d'un millénaire flambant neuf, durement extirpé d'une longue histoire. Quelques mots aigres-doux pour clore une histoire d'amour, encore, le reproche en bout de ligne, rien à dire, sauf récriminer. Rien à rire, rien à douter, rien à avouer, que l'absence de sens dans une relation impromptue sur l'horizon d'une fin de siècle ahurie.

les rires, les mots

Parachuté. Voilà le mot qui tombe dans le noir des mots mal dits, mal entendus, mal préparés à être des mots sans vie, sans désir, sans mort, sans rien, puisés dans le brouillon d'un moi impénétrable, insaisissable, inassouvi, incohérent, insensé, insigne.

Le blanc, vaste, étendu sous mes yeux plissés, attendant d'être inondé par un filet d'encre, dans les convolutions d'un verbe anonyme, sans voix, signes sans vie d'une vie qui se tue à crier dans le blanc.

Le jour est grand qui se lève tous les matins, juste entre les aurores et les piaillements. Quand l'urgence se love au plexus et que rugit en soi l'homme exaspéré féru d'impatience et qui attend son espérance.

Curiosité, un peu d'inquiétude, des réminiscences, des questions, une joie tapie dans mon humeur ancienne, une fête à l'horizon, serai-je prêt ?

Mais je vais en vain. Je vais vers le lieu de toute opacité, là où tout n'est rien, quand l'ombre qui drape mes élans s'arroge le trône de mon imposture. Oui, je suis là, déjà, et n'ai plus rien d'autre à dire que de clamer la fin virulente d'un destin de pacotille, chichement sauvé in extrémis, lors d'une vente aux enchères pour dragueurs impénitents.

Désir, désirs. Quand la vie s'enfuit devant, reste le désir épousant le profil de l'absence. Gémit le point d'interrogation au bout de la plume. L'homme enfonce la question dans la plaie. L'homme suture la plaie. L'homme désire.

S'encarcaner dans son serment en promettant à l'autre un amour que l'on ne connait pas, que l'on ne possède pas, qui nous échappe.

Ici, vaste entrepôt des pas perdus. Humanité sans attaches, vagabondant dans l'irréel de cet ailleurs public.

La bruine des éclats de voix, la valse des mots lancés à la une du destin. La vie frémit dans mes oreilles. Même mon silence est audible dans ce brouhaha de fin d'après-midi, rue quelque part.

Dans le tohubohu rock d'un chanteur à la voix grassouillette, un parfum de mort me monte au nez. En plein au centre, là où je sais battre ce qui me reste de battements, une ombre pèse de toute sa noirceur. Une ombre lourde à mourir s'étire les muscles au mitan de mon corps.

Cette ombre a un nom et ce nom est angoisse de savoir que tout est bien mais que tout fait mal. Comme un lourd sanglot, lac roulé en boule dans la gorge.

Rien d'autre à l'horizon. Quel soulagement et quelle tristesse.

Mutismes. Le silence glisse entre les mots et leur sonorité. Silence nostalgique broyé dans le charivari d'une musique annihilante.

Ambiance médiévale tant le grondement des buveurs rigole sous cape. Étrange paraphrase d'un soliloque joué sur le mode contemplatif. Je nourris mon silence du bruit des autres.

Un silence intérieur harnachant le bruit public, stigmatisant le spleen facile d'une journée sans éclat. Cacophonie douillettement roulée dans un feutre mou.

Une main trace un grand cercle que saisit un regard chasseur, entrainant le geste jusqu'au fond de l'âme pour en faire ressurgir une parole complice. Main gymnastique au-dessus de la table, dessinant la parole, comblant le vide.

Mots roulant dans l'air, comme des ouates sonores. Mots rebondissant sur la moue de l'autre. Mots avalés en rasade, tête inclinée sur la confidence. Regards fixes attablés aux lèvres de son vis-à-vis. Yeux béants sur le rire de l'autre. C'est soir de fête-à-fête.

Palabres, palabres qui froissent la brume du temps, qui disent en mots ce qui s'entend sans mots, sans rien. Le rien est une denrée rare. Inutile de le dire. Rien n'est, si ce n'est la nécessité de le proclamer du haut d'un fantasme chaud comme le houblon.

Parmi les flashs pétillants d'un serveur qui fige la rumeur du bar sur un canevas de convivialité, luit, sombre et pérenne, le son bouillant de tant de promesses non tenues, de serments usurpés, d'adieux en latence, ici, dans un boudoir public, qu'il me faut y réfléchir un peu. Sous les yeux indolents du temps se pavane une faune en état d'apéro.

L'homme écrit son dire dans le brouhaha des fumées, des grimaces, des éclats garrochés en l'air pour nourrir le silence. La foule est bavarde. Lourds, ses rires. À peine quelques œillades échouées sur ma table. La vie ne serait-elle que ça : quelques éléments épars soudés dans l'émotion ?

Le mur tournesol du bar me tient tête. Je zyeute la densité de ce jaune saturé. J'accroche à son éclat mâtiné les désirs amples de mon ancienne jeunesse. La vie n'est-elle plus qu'un mur jaune dans un bar piailleur ? La rançon de la lumière est mise en abime. Inutile d'aller plus loin, l'esprit tournoie, cerf-volant détraqué par les bourrasques d'un vent pervers.

Écrire pour repousser le temps devant soi. Pour le reléguer à un exil domestique. Le temps s'agrippe à la mémoire, comme la lumière à l'été. Une lenteur m'étreint. Mon âme flotte dans un flou champêtre, l'urbanité murmure.

Au bar, ronron strié de quelques rires échappés d'une gorge plantureuse. Une nostalgie m'habite quand je suis seul ici à méditer sur mes mots, sur le blackout de mes souvenirs. Le souvenir est un silence peuplé de moments forts et de gestes figés.

Je note le temps dans mon calepin. Et le temps file tout droit, tandis que je zigzague entre mes mots. Une accalmie s'installe, discrète, dans ce qui était le carnaval. Bientôt, ce sera l'heure où tout retombe. Et le silence prendra trône au bar.

L'heure dénudée de tout artifice. L'heure bleutée couchée sur le ventre d'une ville bavarde. Le temps servi en catimini aux urbains transis de printemps fou. La lumière danse dans le ciel molletonné. Un homme écrit dans le froufrou de la fin du jour. Une humanité crépite dans l'humus social. Où aller pour clore le cycle des amours absurdes ? L'amour dort dans mes bras.

Agonie du bar, quand l'amour frappe à la porte d'un fantasme solidement fermé à clé. Inaccessible, le lieu d'un refuge, pour pleurer en cascade toute l'illusion déchue reléguée au rang d'égarements multiples, récurrents, constants, persistants. Refusé, le refuge. Dans la cavité gauche d'un cœur morcelé de trop de désirs et de chagrins. La mort vit en moi.

Il entre, celui qui traine les pieds dans le tourbillon d'une vie sans âme, incertaine, ailleurs pour tout dire, car il est là où il n'est pas. Il trébuche sur le vide qui lui fait la cour. Comment vivre quand on l'ignore ?

Une ombre neuve plane sur moi. Elle porte un œil vif sur le bruit des choses. Son sourire affiche complet. Je voudrais m'y baigner pour l'entendre rire de ma joie et pour lui donner vie. Et l'aimer sans même y penser. Comment ne pas aimer l'exubérance ?

J'attends le dénouement. Je suis sur la voie d'évitement d'un amour aussi fulgurant qu'irréaliste. Que faire quand l'amour s'installe dans le salon du désir et nous tient en otage sans merci, sans rédemption ? Quand on donne tout le pouvoir et qu'on enlève toute liberté ?

L'angoisse comme une marée perfide, une marée de fiel inondant les rues du désir. Désir d'une chair vive, autre, agrippée à ma chair moite ; d'une main pulpeuse retenant ma main fiévreuse.

Être à la merci d'une dérive en l'autre, sans savoir si la vague abrupte qui cogne à ma coque me charriera, charriera ma vie vers son point final ou vers l'antre encore inexploré d'un ogre barbu misanthrope en attente d'un complice à aimer.

L'ancre est levée, le bateau flotte. Mais le vent ne lève pas. Faudra souffler dans la direction du temps. Chercher, dans le tumulte visuel, l'ocre d'un œil gaillard. Ambre sur fond de ciel, foudroyant le regard que s'arrachent des mouettes rieuses en délire. Et le cri, les cris lancés en boule au-dessus des joyeux fêtards de la fête foraine déguisée en art de vivre dans l'urbanité moite d'un jour flamboyant.

Qui dira l'abyssale tristesse de refuser un amour qui ne nous est pas destiné ?

le nom, le mirage

Inutile de dire le gouffre quand il happe en son remous l'ardeur des émois. L'homme qui aime est un tourbillon.

Et l'amour encore. Insidieuse question coulant dans mes veines, comme venin poisseux. Le degré zéro de l'énergie. Personne ne m'a mis en garde contre l'atrocité de la douceur.

Je palpe le pouls de cette humanité livrée aux joies du moment. Et c'est toi qui surgis dans ma tête, assiégeant mon temps libre, imbibant mon âme de ta douleur de vivre, séduisant mon œil de ton corps aux abois.

Tu m'as appris le sens du mot apatride. Que m'apprendras-tu encore, que je tire ma révérence à cette liberté qui se prétend universelle ? Si j'écris ton nom ici, que me restera-t-il d'autre que le souffle de ton regard noyé dans une marée de souffrance ? L'heure est au décompte. Le temps de dire ton nom.

Et voilà que défilent tous tes anciens sourires ébahis, tes anciens regards braqués sur ma joie, tes anciennes moues gourmandes, tes mains affamées sur ma bouche ouverte, ta langue valsant sous ma moustache, ton sexe posé comme une icône sous mes yeux implorants. *Je suis las*, dis-tu, *je suis seul*. Mais il n'y a que toi pour penser ça. Tout est à toi. Tout est en toi. Tout est toi. Mon amour aurait pu être ton pays.

Emporte-moi dans cette oasis où tout est à toi et où rien ne t'appartient. Moi, debout sur ma banquise, voyant fondre mes doutes, mes absolus et nos solitudes.

Ton nom s'étale devant moi. Langoureux, comme une natte oubliée sur la plage de Gaza. Il s'étale dans le lit, comme dans ma vie. Mais c'est peut-être le contraire. Ton nom que j'écris peu et que je prononce sans arrêt. Qui dit m'aimer. Et moi, j'ai peur.

Ton nom, et je pense *mon amour.* Mais j'ignore le sens de ce mot croqué à la vie. Est-il déjà venu, le temps des adieux, le temps des sourires en guise de salut, le temps des yeux blessés par la lumière du cri de l'autre ?

Quand je dis ton nom, c'est ta vie qui saute sur moi, évidant mon silence. Quand je dis ton nom, nul écho ne rebondit dans l'opaque de mon doute, nul mot ne nomme ce sujet impatient faisant le siège de mon quotidien. Qui-vive éternel des amants.

Dehors, côté rue, toute la lumière du jour s'agglutine au vert tendre du vinaigrier. Ça sent les champs d'été. Ça sent le cru de la vie, le dur de l'amour, le musc du désir. La chaleur roucoule, devant.

Toi seul ignores l'avant de mon nom et l'autrefois de ma vie. Mais tu avances comme si rien n'avait existé, jadis. Et tu me fais paraitre nu aujourd'hui, sous l'auvent de tes cils.

Et puis vient le torrent des sentiments noyant le grain du sourire. Je tente en vain de glisser entre mes lèvres quelques mots pour dire que…

Mais l'amour n'a plus de retenue. Tout se déchaine. L'amour mord dans le suc pétrifié de la vie. L'amour regrette de ne pas être à son propre rendez-vous. L'amour recule sur le ring. L'amour plastronne dans le vide. Trop gros pour être l'icône d'un seul regard.

Dans la brume des idées folles, l'œil distingue l'orient en cet homme harnaché de principes derrière la porte étroite d'une liberté inassouvie. Cet homme est là qui m'aime plus que tout quand je me fais pour lui clé de sa liberté.

Mais ne suis-je pas plutôt que l'ombre de ce désir, vacillant dans le noir galactique d'un mutisme tyrannique brandi à bout de querelles pour taire l'homme en moi ? Suis-je l'otage rétif d'un besoin camouflé sous les haillons de la tendresse et du long baiser affamé ? Suis-je l'immobile statue d'un idéal sans lendemain ? Suis-je l'énorme gaffe d'un homme éperdument amoureux d'une image et de l'idée qu'il s'en fait ?

Et puis, création buissonnière, écume des heures dansant une joie interdite dans mon cerveau virtuel. Lenteur absolue d'une question infinie, infiniment formulée. Amour au quotidien quand, après l'éclat, jaillit le morne. L'homme est un amant sans raison, sans dessein. Inutile ou nécessaire poésie qui nous renvoie une image syncopée. La poésie serait-elle insatiable ? Kaléidoscope d'éclairs et de temps morts à chercher l'air du temps ?

Impossible nuance. Surtout ne pas voir. Surtout ne pas dire. Surtout ne rien faire. Laissez-passer pour fin de non-recevoir. *Jamais plus*, as-tu dit. À moins que ce ne soit mon propre écho agnostique martelant des sons à mon tympan d'affamé. *Jamais plus*, je le dis. Bientôt, le feu zèbrera le ciel. Bientôt, le vide fleurira dans les larmes. Bientôt, bientôt. Et ce sera déjà, déjà.

Comment l'homme peut-il t'enseigner l'espoir s'il désespère ? L'espoir est devant et ta désespérance traine derrière toi. Un sillon dans le jardin délaissé de ta vie. Tu confonds le rêve et l'illusion, l'idéal et l'impossible, le vrai et l'irréel. Entre le bas-fond de ta réalité et le nirvana de tes chimères, tu as peur. Tu as peur du calme. Tu as peur de la paix qui sourd en toi. Tu as peur de ton salut. Tu cherches le mirage qui t'effraie.

Comment l'homme peut-il t'apprendre à vaincre ta peur s'il succombe à la sienne ? Comment même te dire adieu s'il craint ton absence, ton silence, ton ignorance, ton salut ? S'il a peur de ta peur ? Il y a la mort en toi. Elle suce le feu de mon âme.

L'homme devra-t-il t'enseigner la vie aussi ? Te redonner la vie ? Te ressusciter devant tes yeux pour que tu voies la lumière dans le brouillard de la joie ?

Trouble, la fête, en ce dimanche ouaté. Nul sourire, nulle tendresse que le regard braquant le vide au-dessus du plancher. Nul serment, ce jour où tout l'amour appelle à la clarté. Nulle fidélité entre la parole et le mutisme. L'ombre du doute plane sur le serment. Chape lourde de tristesse dans l'irréel du rêve, dans l'abandon du réel.

Un autre est venu qui dit m'aimer. Amour, amour. Le mot est cru. Le mot est trop vert de sève chimérique. Amour, amour. Et si l'amour n'était qu'un rien de plus balancé sur le tango de la vie pour faire croire à autre chose, en guise, en lieu et place de l'absence ?

Un autre est venu qui dit m'aimer et n'aimer que ce qu'il tient dans sa main. Et sa main est vorace. Et son désir happe mon passé. Son désir hume la vie d'avant et celle d'après. Déjà sonne l'heure des comptes, et l'amour à peine survit au creux du lit.

Chagrin précoce au flanc. Trop tôt pour le lourd pincement d'une vie à vivre. Une vie sans vie, mais qui entend, dans la rumeur auréolée d'un lieu-dit, un non-lieu, et toi qui vas besognant sur la déroute, qui invoques le serment pour étendre l'empire infini de ton obstination.

~

Quand frappe le bruit fourbe du regret et quand il rugit en mon désert, ne restent que l'odeur d'une main froide triturant ma moustache et que l'ardent sourire étendu sur ta bouche voyeuse. Le temps est venu de rompre le désir. Ou n'était-ce qu'un besoin ?

~

Quand, entre deux temps, susurre l'artifice, fini l'ère des ébats, fini le temps des rédemptions. Car c'est toi qui jures sur mon nom. Qui étrangles mon élan. Qui pousses au désarroi. Toi qui sèmes derrière toi les pierres angulaires de ta prison. Toi qui lèves le vent, qui crèves l'orage, qui électrocutes le désir. Toi qui ruines tout. Qui rumines et qui supprimes.

Je ne sais pas, je n'ai pas su, dire l'éclair dans ton œil en colère. Ni la prison de ton sourire, ni le noir de ta lumière. Dire rien d'autre que ton accent roulant sur ma langue léchant tes lèvres satyres.

Et ton cri errant qui frappe chez moi, un jour de colère en feu. Ton cri bâillonné par la tyrannie d'une peur parasite nourrie de ton ignorance. Le cri de l'homme muselé par l'impuissance morbide dont se gave son angoisse. Que dire de plus quand tu parais ? Icône désabusée sur chevalet chambranlant.

Et tu poses le geste, tu craches la formule sacrée. Celle qui t'affranchit d'un esclavage innommable. Celle qui affranchit l'autre de ta tutelle stérile.

Des jours longs et quelques courts mois portés à bout d'espoirs comme un trophée gagné par imposture. Acheté à vil prix, le trophée. S'en est allé déjà celui qui jurait vingt-cinq-mille éternités.

Que le temps est bref quand le serment s'effrite.

Que le temps est lourd quand le temps est bref.

Et si d'aventure tu repasses au domicile fixe où je m'astreins à la joie de vivre, apporte-moi un amour sans fissures, sans gerçures, sans blessures. Viens chez moi vêtu de foi et de courage. Viens, ris. Et moi aussi je rirai, pendu au creux de tes yeux en feu.

Et si tu redis mon nom dans la splendeur du désir, glisse dans ton souffle la chaleur de ton pays, et quelques grains de sable de cette plage où baignait ton enfance, en mon oreille frémissante de mirages. Et je dirai, *quel beau temps il fait*, et tu répondras, *c'est le paradis, mais je ne suis pas croyant*.

Mais je ne t'accompagnerai plus sur le chemin de cette douleur qui te sert de liberté. Je ne saurai pas, au temps venu, calmer la tempête secouant ton âme chavirée dans l'irréelle soumission que tu nommes la vie. Je ne saurai pas prendre sur moi, et prendre en moi, l'incandescence de ton âme bafouée par mille ans de tabous et mille ans de chimères.

Te voilà ainsi nommé, pour toujours, dans le livre des tristesses. Éteinte, la passion. Je ne sais plus croire en toi. Intifada du cœur.

la lumière, le cri

Impavide, au bout d'un point d'interrogation. L'homme réfléchit, la tête au bar, le besoin au diapason, le désir en déroute. Je ne saurais rien de plus, sinon que je me sentirais libre de tout. Tout ce paradoxe m'enchainant à tous ces hommes. Tout ce doute me liant à toutes ces âmes. Tout ce besoin me liant à toutes ces illusions.

Si le bal masqué tourne à la dérive, au vertige, à l'abysse, déclinaison fractale d'un néant à inventer, tout cela est vrai et tout cela est faux. Et j'avance tel un funambule dérivant dans l'insondable déclin d'une rivière qui ne coule plus, qui ne coule plus que par indigence. Je suis la mort dans l'âme, le cœur au ventre, la tête au vent, à genoux, bras levés, yeux plissés, étranger.

Faut-il croire pour vivre, vivre pour mourir, mourir pour n'être plus là, sans foi ni lieu ? À attendre que rien ne se passe, que le néant se vide, que l'absence trône sur les avatars indécents du quotidien ? À espérer voir jaillir, devant la lumière sans éclat, des âmes sans nom ? Faut-il aussi plonger dans l'abime et se noyer dans son vertige ?

Quand fait défaut ce qui est force de loi, quand fait mine ce qui ne se consume pas, quand tremble ce qui ne bouge pas, qu'être, sinon un point flavescent au-delà de l'au-delà ?

Vivre, aimer, mourir. Et voilà que le sort en est jeté, que tout est dit, que tout est vécu, que tout est aimé, et que tout meurt sans laisser de traces autres que celles d'un destin inachevé, informe, inutile.

Un fumet de paresse monte au front, la parole se fait volubile, le mot devient cantate, la respiration se fait hymne au silence, au non-dit, au non-lieu, au non-être.

Et tourne le vent, bourrasque, tornade, ouragan planant, majestueux, sur nos têtes affolées, nos rêves décoiffés, nos désirs panachés de serments et de mensonges.

Et rampe sous nos pieds le déclin, après l'amour, après le jour, quelques soubresauts parfois, mais rien qui ne soit authentique et rien qui ne soit trivial, car la vérité est un agent double, le double de son double, le doute d'une certitude, l'absolu d'une question.

L'automne s'amuse à nouveau à roussir sous mes yeux, s'amuse à bruisser dans les feuilles ballerines, l'automne joue à l'enfant insouciant. Comme si le temps avait tout son temps, comme s'il était temps que le temps lambine, entre deux aurores à la gueule de bois, comme si rien n'était figé ni en mouvement, juste ça : le Temps.

Et dans la gorge, le vrombissement d'un échec, le Waterloo du bancal, sans lieu d'exil, sans oasis ni enfer, sans rien où poser les ruines, sans enclos pour les vestiges abstraits d'un monument sans nom.

Quand tout est dit, et que le bal est masqué, et que la plainte s'endort, et que le coq est muet, et que l'honneur est sauf, ne reste plus qu'à regarder droit devant, à fixer l'horizon ondulant des chimères, en silence, être soi, être là, étranger de sa vie, arpentant son ombre, labourant son verbe, méditant sur les pixels du cœur.

Voici venu le rayon de l'aube qui renait de ses paradoxes. Soleil colin-maillard dévalant la pente oblique du temps. Volcan dégorgeant de faux espoirs et de faux-fuyants, ultime détour d'une passion, quand la lave de l'oubli s'infiltre dans les gerçures du temps.

La mémoire affiche complet, rien ne surgit à l'horizon, rien ne s'efface, rien devant, sauf la certitude de l'absence, comme déraison, déroute, sursis, supplique arrachée au silence.

Sur le fil ténu des mots troubles, oui, l'utopie a un nom, et ce nom est un cri.

L'arbre n'a pas porté fruit. Ses branches décharnées ploient au-dessus du vide. Le symbole plane entre l'arbre et moi. Sous la lumière, le cri se tait.

Montréal, rue de Brébeuf, le 19 mai 2006

TABLE

DANS LA MÊME COLLECTION :

Anthologie	*La Poésie acadienne* (édition de 1999)
Guy Arsenault	*Jackpot de la pleine lune*
Marc Arseneau	*Avec l'idée de l'écho*
	L'Éveil de Lodela
	À l'antenne des oracles
Paul Bossé	*Averses*
	Un cendrier plein d'ancêtres
Georges Bourgeois	*Les Îles Fidji dans la baie de Cocagne*
Huguette Bourgeois	*Les Rumeurs de l'amour*
Sarah Marylou Brideau	*Rues étrangères*
	Romanichelle
Christian Brun	*Parade casaque*
	Hucher parmi les bombardes
	Tremplin
Herménégilde Chiasson	*Parcours*
	Miniatures
	Vermeer
	Existences
Fredric Gary Comeau	*Aubes*
	Naufrages
	Trajets
	Ravages
	Intouchable
	Stratagèmes de mon impatience
Louis Comeau	*Moosejaw*
Éric Cormier	*Coda*
	L'Hymne à l'apocalypse
	Le Flirt de l'anarchiste
	À vif tel un circoncis
Daniel Dugas	*La Limite élastique*
	Le Bruit des choses
	L'Hara-Kiri de Santa-Gougouna
Jean-Marc Dugas	*Notes d'un Maritimer à Marie-la-Mer*
Marie-Claire Dugas	*Le Pont de verre*
Mathieu Gallant	*Transe migration*
Judith Hamel	*Onze notes changeantes*
	En chair et en eau
Hélène Harbec	*Le tracteur céleste*
	Va
Brigitte Harrison	*L'écran du monde*
Glen Charles Landry	*Croquis urbains d'un Francorien*
Ulysse Landry	*L'Éclosion*
	L'Espoir de te retrouver
Daniel Omer LeBlanc	*Omégaville*
	Les Ailes de soi
Georgette LeBlanc	*Alma*

Gérald Leblanc	*Poèmes new-yorkais*
	Techgnose
	Le plus clair du temps
	Je n'en connais pas la fin
	Éloge du chiac
	Complaintes du continent
	Les matins habitables
	Comme un otage du quotidien
Mario LeBlanc	*Taches de naissance*
Monique LeBlanc	*Joanne d'où Laurence*
Raymond Guy LeBlanc	*La mer en feu* (poèmes 1964 – 1992)
Dyane Léger	*Le Dragon de la dernière heure*
	Comme un boxeur dans une cathédrale
	Les Anges en transit
	Graines de fées
Ronald Léger	*tachyAcadie*
	Roadkill à 30 kilomètres par seconde
Henry W. Longfellow	*Évangéline*
Cindy Morais	*Zizanie*
Stéphanie Morris	*Le Risque des rêves*
André Muise	*La falaise à la fin des marées*
Martin Pître	*À s'en mordre les dents*
Marc Poirier	*Avant que tout' disparaisse*
Jean-Philippe Raîche	*Une lettre au bout du monde*
Maurice Raymond	*La Soif des ombres*
Christian Roy	*Chroniques d'un mélodramaturge*
	Infarctus parmi les piétons
	Pile ou face à la vitesse de la lumière
Roméo Savoie	*Une lointaine Irlande*
Mario Thériault	*Vendredi Saint*
	Échographie du Nord
Serge Patrice Thibodeau	*Seul on est*
	Que repose
	Seuils
	Le roseau
	Le passage des glaces
Collectif	*L'événement Rimbaud*
Collectif	*Les cent lignes de notre américanité*

COLLECTION MÉMOIRE :

Guy Arsenault	*Acadie Rock*
Eddy Boudreau	*L'Arbre vaincu*
Régis Brun	*La Mariecomo*
Ronald Després	*Le scalpel ininterrompu*
Léonard Forest	*Le pommier d'août*
Napoléon Landry	*Poèmes acadiens*
Raymond Guy LeBlanc	*Archives de la présence*
Rino Morin Rossignol	*Le Pique-nique*

COLLECTION ESSAI :

Léonard Forest	*La jointure du temps*
Alain Masson	*Lectures acadiennes*

COLLECTION ACADIE TROPICALE :

Jean Arceneaux	*Suite du loup*
Deborah Clifton	*À cette heure, la louve*
Zachary Richard	*Faire récolte*

COLLECTION PROSE :

Jean Babineau	*Vortex*
	Gîte
	Bloupe
Hélène Harbec	*Les Voiliers blancs*
Ulysse Landry	*La Danse sauvage*
	Sacrée montagne de fou
Gérald Leblanc	*Moncton Mantra*
Charles Pelletier	*Étoile filante*
Martin Pître	*L'Ennemi que je connais*
Camilien Roy	*La Première pluie*
Mario Thériault	*Terre sur mer*
Serge Patrice Thibodeau	*Lieux cachés*

Ce livre est conforme à la nouvelle orthographe.
www.orthographe-recommandee.info

Achevé d'imprimer
pour le compte des Éditions Perce-Neige
en octobre 2006.

Imprimé au Canada
sur les presses de l'Imprimerie Gauvin, Gatineau, Québec.

L'intérieur de ce livre a été imprimé sur papier contenant
100 % de fibres post-consommation et certifié AFA (ami des forêts anciennes).